삶의 모든 색

리사 아이사토 글·그림

김지은(아동문학평론가) 옮김

길벗어린이

Livet – Illustrert

ⒸLisa Aisato

First published by Kagge Forlag AS, 2019

Published in agreement with Oslo Literary Agency

아이의 삶

여름날 빗속에서 우리가 어떻게 놀았는지 기억하나요?

늦도록 환한 여름 저녁, 들판 가득 핀 민들레를 만지면 묻어 나는
진액의 끈끈한 감촉을 기억하나요?

그 여름이 얼마나 더 푸르렀는지 기억하나요?

그 겨울이 얼마나 더 새하얬는지

크리스마스는 얼마나 더없이 신비로웠는지 기억하나요?

그때의 호기심을, 기억하나요?

우리가 어떻게 새로운 세계를 발견했는지

기사와 요정들이 가득했던 그 숲은 어디였는지

우리는 저녁밥을 먹으러 집에 갈 생각이 없던 무당벌레들이었어요.

높은 나무 꼭대기에 앉아 있던 새들이었고

저 깊은 바닷속의 수호자들이었어요.

그 시절의 어느 날, 우리는 무적이었고

어느 날에는 다치고 상처를 입었어요.

때때로 세상은 불공평했고

그래서 우리는 싸워야 했어요.

하지만 당신이 그 시절에 사랑받았다고 느꼈으면 좋겠어요.

소년의 삶

우리는 이제 천방지축 뛰어놀지는 않아요.

댄스파티에 입고 갈 옷을 고르고 향수를 쓰기 시작했어요.

누군가는 학교를 좋아했을 수도 있어요.

물론 아닐 수도 있고요.

하지만 각자 그 길을 뚫고 지나오느라 힘겹게 몸부림쳤을 거예요.

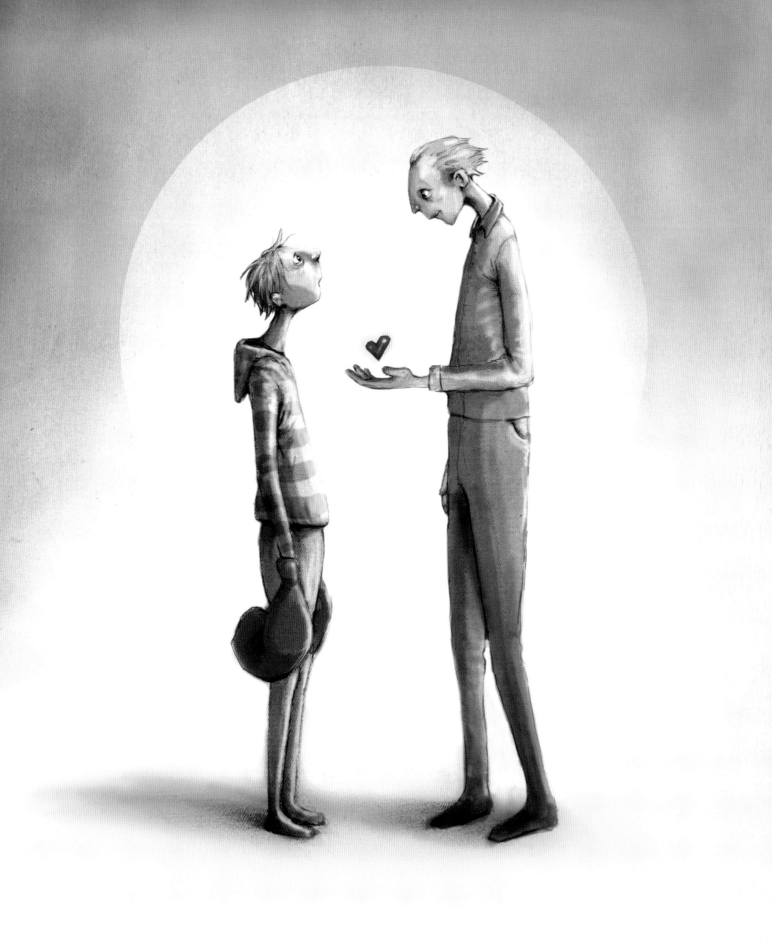

잊을 수 없는 선생님을 만났을 수도 있어요.

우리는 달라졌고

어른들은 우리를 걱정하기 시작했어요.

어떤 날은 힘껏 반항하고 싶었어요.

또 다른 날에는 아빠가 곁에 있었으면 했어요.

어느 날, 한 어른이 물었어요.
"너도 커피 한잔하겠니?"

때때로 세상이 온통 뒤죽박죽으로 보였어요.

세상을 모두 발밑에 둔 것 같은 때도 있었지요.

당신이 당신의 날개로 훨훨 날아갈 수 있었으면 좋겠어요.

자기의 삶

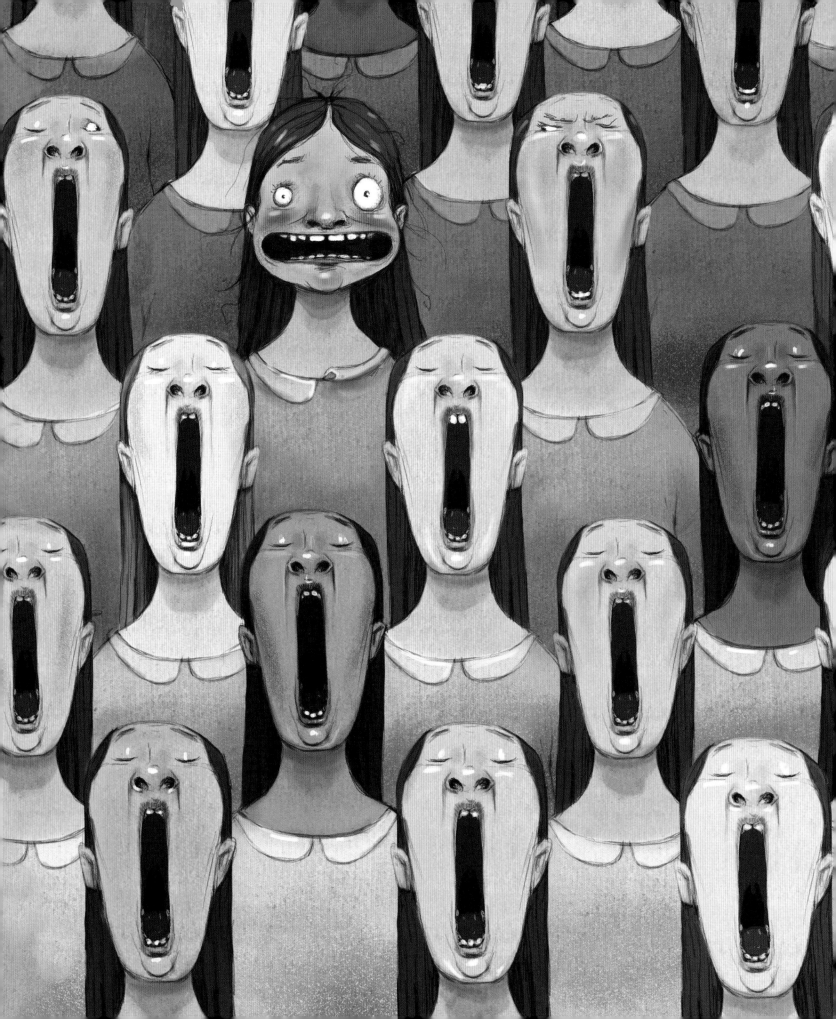

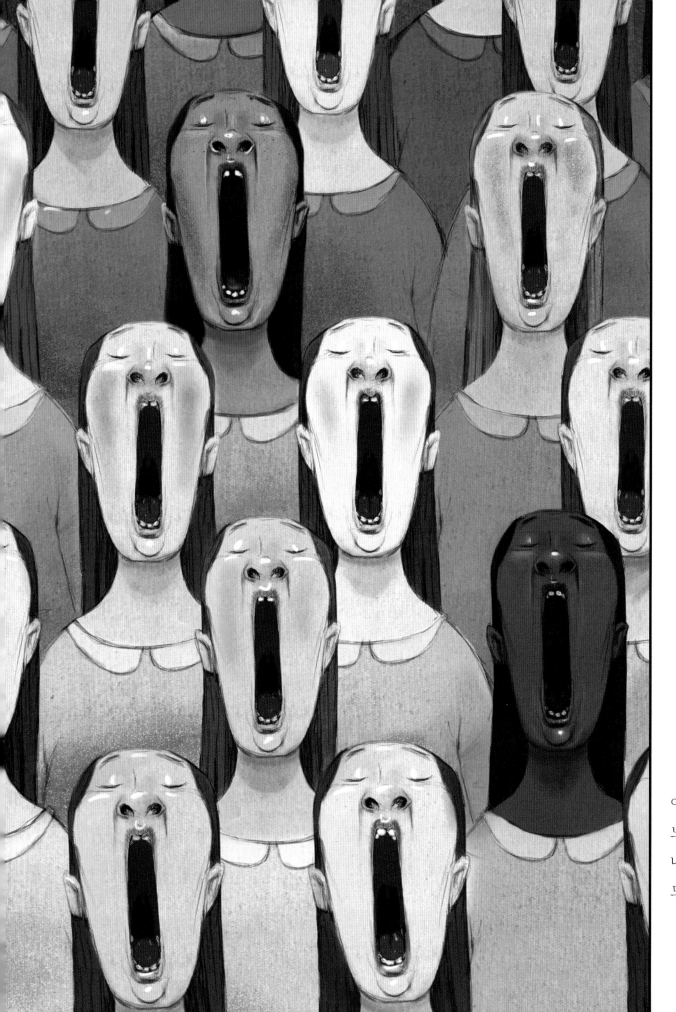

어른들이 모여서
노래를 부르고 있었어요.
나만 그 노래의 가사를
모르는 것 같았어요.

이것이 내 길인지 확신이 들지 않았어요.

학창 시절은 너무 과대평가되었던 것 같아요.

아니, 어쩌면 지금이 인생에서 제일 좋은 날일지도 모르죠.

우리는 뭔가를 찾아요.

아마도 찾은 것 같아요.

세상에, 얼마나 기쁜 일인가요!

사랑하는

그 한 사람을

찾는다는 것은.

그러나 곧 일상이 시작되면

두 사람은 보폭을 맞추어 걸어야 해요.

어쩌면 지옥의 나락으로 떨어질 수도 있어요.

아니면 영원히 함께할 수도 있겠죠.

부모의 삶

누가 좀 가르쳐 주면 좋겠어요.

이 힘든 아침을 어떻게 하면 좋을지

낮에도

밤에도.

하지만 자초한 일인걸요. 대가를 치를 수밖에 없어요.

우리는 자신의 새로운 면을 보게 될 거예요.

시간에 쫓긴다는 게 무슨 뜻인지 결국 알게 될 거예요.

혼자 있는 순간이 황금같이 소중할 거예요.

그러나 가끔은 지금 이대로 시간이 멈췄으면 할 때도 있어요.

이제 새로운 눈으로 온 세상을 바라보지요.

지금처럼 사랑으로 가득했던 적은 없어요.

어른의 삶

젊고 앞날이
기대되는

여름날 빗속에서 놀던 아이는 어디로 갔을까요?

자신이 어떤 사람인지 아마도 알게 되었을 거예요.

아니면 여전히 찾고 있겠죠.

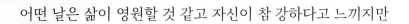

어떤 날은 삶이 영원할 것 같고 자신이 참 강하다고 느끼지만

또 어떤 날은 버스에 치여 버린 사람같이 처참해져요.

아이들이 작별 인사를 하고 떠나가요.

사는 게 이렇게 조용할 수가 없어요.

아이들이 떠나고 나면 우리는 더 가까워질 수도 있겠지만

지옥으로 떨어지게 될지도 몰라요.

다른 누군가를 다시 찾아다니고, 새 사람을 만날 수도 있어요.

혼자서 노를 저어갈 수도 있겠죠.

이제, 어머니와 아버지를 돌볼 시간이에요.

어느새 우리도 늙어가지요.

기나긴 삶

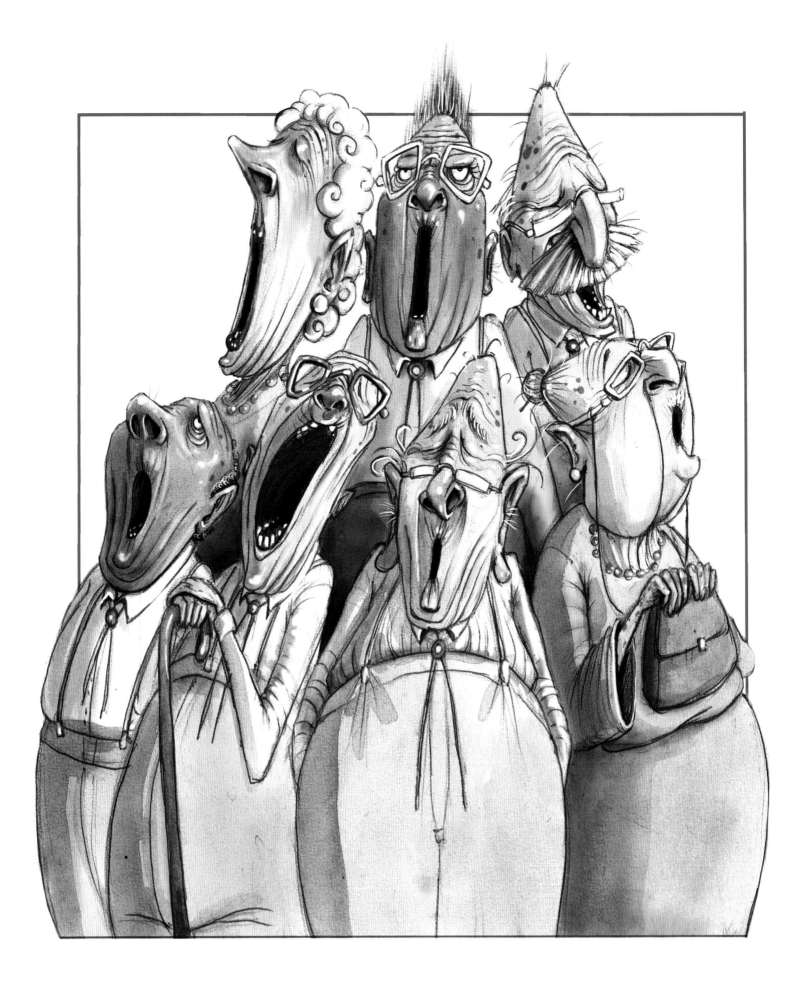

이제 연금수령자들의 노래를 불러야 해요.

낯선 일이지요. 마음은 아직 스물두 살인걸요.

아마도 손주들이 생길 거예요.

크리스마스는 또다시 마법처럼 신비로울 거예요.

마침내 하고 싶었던 일들을 할 시간이 생겼어요.

낮에도 하고

밤에도 하고

아마도 낙천적인 사람이 될 거예요.

어쩌면 눈앞의 세상이 너무 낯설어서 두려움을 느낄지도 몰라요.

하지만 지금까지 그랬듯이
그 사람 덕분에 삶이 든든하기도 해요.

그 사람이 여전히 당신의 곁을 지켜줄 거예요.

어느 순간, 몸이 뜻대로 되지 않아 속상할 수 있어요.

어쩌면 그동안 있었던 일들을 모두 잊어버릴지도 모르지요.

외로울 거예요.

상실을 경험하겠죠.

우리는 우리 안에 모든 삶을 담고 다시 돌아가요.

삶의 모든 순간, 당신이 사랑받았다고 느꼈으면 좋겠어요.

그림
　연보

《Full blomst》 fra Dagbladet Magasinet 19. august 2017

《Solfavn》 2019

《Sommerregn》 fra Dagbladet Magasinet 13. juli 2015

《Snart sover du 140》 fra *Snart sover du* av Haddy Njie,
　　　　Cappelen Damm, 2016

《Fra Astrid Lindgren boka 8》
　　fra *Astrid Lindgren* av Agnes-Margrethe Bjorvand,
　　Cappelen Damm, 2015

《Snøfnugg》 2017

《Lys i mørket》 fra Juleroser for barn, 2018

《Nysgjerrig》 fra Dagbladet Magasinet 1. september 2018

《Jenta som ville redde bøkene 7》
　　fra *Jenta som ville redde bøkene* av Klaus Hagerup,
　　Gyldendal Norsk forlag, 2017

《Aldriland》 fra *Til ungdommen* av Linn Skåber,
　　　　Pitch Forlag, 2018

《Hoven høne》 2008

《Fugl》 fra *Fugl* av Lisa Aisato,
　　　　Gyldendal Norsk Forlag, 2013

《Dypdykk》 2019

《Vokter 1》 2017

《Vokter 2》 2017

《Skrubbsår》 fra Dagbladet Magasinet 25. november 2017

《Måling》 fra Dagbladet Magasinet 20. februar 2016

《Jeger》 2017

《Nattsang》 2019

《Tenåringsboble》 fra *Til ungdommen* av Linn Skåber, Pitch
　　　　Forlag, 2018

《Leo》 fra Dagbladet Magasinet 08. desember 2018

《Konfirmant》 fra *Til ungdommen* av Linn Skåber,
　　　　Pitch Forlag, 2018

《Pugg》 fra Dagbladet Magasinet 21. oktober 2017

《Motbakke》 fra Dagbladet Magasinet 30. mars 2013

《Lærer》 fra Dagbladet Magasinet 9. mars 2013

《Hamskifte》 fra *Fugl* av Lisa Aisato, Gyldendal Norsk
　　　　Forlag, 2013

《Polstring》 fra Dagbladet Magasinet 29. november 2011

《Tenåring》 fra Dagbladet Magasinet 16. juli 2016

《Bær meg》 fra *Til ungdommen* av Linn Skåber,
　　　　Pitch Forlag, 2018

《Kamille》 fra *Til ungdommen* av Linn Skåber,
　　　　Pitch Forlag, 2018

《Hodebry》 fra Dagbladet Magasinet 6. juni 2015

《God nok》 fra Dagbladet Magasinet 27. januar 2018

《Håper vingene bærer》 2019

《Stup》 2007

《Kor》 2018

《Dagdrøm》 2017

《Student》 fra Dagbladet Magasinet 25. mai 2013

《Ros》 fra Dagbladet Magasinet 29. mars 2014

《Prins》 fra Dagbladet Magasinet 19. mars 2016

《Vintervarm》 fra Dagbladet Magasinet 30.
　　　　desember 2017

《Glød》 fra Dagbladet Magasinet 23. november 2013

《Kyss på mulen》 fra Dagbladet Magasinet 13.
　　　　februar 2016

《Kyss på mulen 2》 2018

《Kyss på mulen 3》 2018

《Ly》 fra Dagbladet Magasinet 8. juli 2017

《Asosiale medier》 fra Dagbladet Magasinet 4. juli 2015

《Dans på roser》 fra Dagbladet Magasinet 1. februar 2014

《Tråkle》 fra Dagbladet Magasinet 27. juli 2019

《Nær》 fra Dagbladet Magasinet 15. mars 2014

《Baby》 fra Dagbladet Magasinet 2. april 2011

《Babyboble》 fra Dagbladet Magasinet 2. mars 2019

《Morgenstemning》 fra Foreldre & Barn, 2014

《Hjemmekontor》 2018

《158, 159…》 fra Dagbladet Magasinet 13. juli 2013

《Morgenkaffen》 2004

《Troll》 fra Dagbladet Magasinet 10. mai 2014

《Tidsklemme》 fra Dagbladet Magasinet 22. februar 2014

《Regn》 fra Dagbladet Magasinet 17. juli 2010

《Hverdagskjærester》 fra Dagbladet Magasinet 20.
          september 2014

《Sommer》 fra *Snart sover du* av Haddy Njie,
          Cappelen Damm, 2016

《Næring》 fra *Vier Werte, die Kinder ein Leben lang tragen*,
          Gräfe und Unzer Verlag, 2012

《Ung og lovende》 2019

《Sommerregn 2》 2019

《Cha-cha-cha》 fra *Snokeboka* av Lisa Aisato,
          Gyldendal Norsk Forlag, 2018

《Søk》 fra Dagbladet Magasinet 8. februar 2014

《Sommerkropp》 fra Dagbladet Magasinet 18. juni 2016

《Overkjørt》 2019

《Fly fra redet》 2019

《Stille》 2019

《Gro》 fra Dagbladet Magasinet 29. oktober 2016

《Slutt》 fra Dagbladet Magasinet 23. juni 2018

《Spor》 2019

《Ro》 fra Dagbladet Magasinet 20. april 2019

《En hjelpende hånd》 fra Dagbladet Magasinet 12.
          mai 2018

《Sølvsvev》 2019

《Solbrille》 2019

《Sagene ungdomskor (60 år etter)》
          fra *Se Norges blomsterdal* av Ingrid Bjørnov,
          Vega Forlag, 2012

《Speilbildet》 fra *Snokeboka* av Lisa Aisato,
          Gyldendal Norsk Forlag, 2018

《Bestemor》 2019

《Lun》 fra Dagbladet Magasinet 24. desember 2016

《Strikketøys》 2010

《Seniorseng》 2019

《Nattens dronning》 fra *Snokeboka* av Lisa Aisato,
          Gyldendal Norsk Forlag, 2018

《Optimisten》 2008

《Brottsjø》 fra Dagbladet Magasinet 5. mai 2018

《Gammel glød》 fra Dagbladet Magasinet 26. mai 2018

《Overraskelse》 fra Dagbladet Magasinet 24.
          november 2018

《Rustfritt》 fra Dagbladet Magasinet 4. juni 2016

《Superbestefar》 fra Dagbladet Magasinet 12.
          september 2015

《Vintervei》 fra Juleroser, 2017

《Ubesatt》 2019

《Tap》 fra Dagbladet Magasinet 27. august 2016

《Mor》 2019

《Tidløs》 fra Dagbladet Magasinet 5. januar 2019

《Bestefar》 fra Dagbladet Magasinet 10. februar 2018

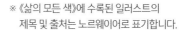

※《삶의 모든 색》에 수록된 일러스트의
　제목 및 출처는 노르웨이어로 표기합니다.

리사 아이사토

독창적인 스타일로 노르웨이에서 가장 사랑받는 일러스트레이터이자 예술가입니다.
수많은 상을 수상하고 비평가들의 찬사를 받는 작가이며, 《삶의 모든 색》은 노르웨이에서
베스트셀러 1위를 차지해 2019년 노르웨이 북셀러 상을 수상하였습니다.
그린 책으로는 《스노우 시스터》, 《책을 살리고 싶은 소녀》 등이 있습니다.

옮긴이 김지은

서울예술대학교 문예학부에서 그림책과 아동청소년문학을 연구하고 있습니다.

삶의 모든 색

리사 아이사토 글·그림 | 김지은 옮김

1판 1쇄 펴낸날 2021년 12월 10일 | **1판 8쇄 펴낸날** 2024년 10월 25일
펴낸이 이충호 | **펴낸곳** 길벗어린이㈜ | **등록번호** 제10-1227호 | **등록일자** 1995년 11월 6일
주소 03986 서울시 마포구 월드컵북로8길 25, 3F | **대표전화** 02-6353-3700 | **팩스** 02-6353-3702 | **홈페이지** www.gilbutkid.co.kr
편집 송지현 임하나 황설경 박소현 김지원 | **디자인** 김연수 송윤정 | **마케팅** 호종민 신윤아 이가윤 최윤경 김연서 강경선 | **경영지원본부** 이현성 김혜윤 전예은
제조국명 대한민국 | ISBN 978-89-5582-633-3 03850